詩集

気持ちの風船

わたなべ みずき

かまくら春秋社

もくじ

装画●ディアーナ・カイヤカ

におい

えきでドーナッツのにおいが、
わたしのおなかをすかせようと
よってきた。
バイクが通って外のにおいが
ブア〜ンとむかってきた。
まるまる坂を登った所で、
土のにおいがそっと後ろを通った。
家のげんかんを開けたら
コーヒーのにおいがうれしそうに
むかえてくれた。
へやに入ったらアイロンのにおいが
まだかまだかとまっていた。
においはぜんぶわたしのなかま。

絵●メグ ホソキ

あなた

むかぁ〜し　むかし
あなたは
あまくて　あったかいココアでした
スプーンでかきまぜられると
にっこりわらうココアでした
あなたは生まれかわって

絵●葉祥明

人間になりました
あなたのそばにいると
みんなあったかくなりました
いやなこともすっかりわすれて
幸せな気持ちになりました
ココアみたいにね

かたつむりの仕事

朝ごはんのお皿の上に
かたつむりがのっていた
かたつむりは一生けんめいに
お皿のもようを収穫していた
ひとり言が聞こえた

絵●北見 隆

「仕事のためだ～!!
がんばるぞ～!!」
全ぶのお皿のもようを収穫すると
かたつむりは窓から
いそいで外へ出た
それから小さな土の穴に入って行った
テーブルには真っ白なお皿がのこっていた

ふたご

絵●渡辺　宏

ふたごが歩いてくる
なにもかも　そっくり
二人なのに　私をかこむように立った
四つの黒い目が私を見つめる

一人が当たり前のように
私の楽ふを手にとった
もう一人が楽ふを開くのを手伝った
楽ふの上に指がとびかう
指の会話

ふたごは次々に質問した
セリフのように　なめらかに
追いかけるように　同じリズムで

私が答えると
初めて見る生きもののように
私を見つめた

ふたごはすぐに去っていった
まるで最初から
きょうみがなかったように

うさぎ

みなさんは夜の雨はお好きですか?
私は大好きです
なぜかって?
それは地面でうれしそうに
ぴょんぴょんはねるうさぎがくるからです

子どものうさぎたちは
車のスポットライトにあたりながら歌っています
だれが一番高くとべるか
きょう走する遊びもあります
でもほとんど同じ高さなので
なかなか決着がつきません

大人のうさぎたちは
銀色にかがやきながら
うさぎの王様と一しょに

絵●畑 典子

雨の音を聞いています
うさぎの王様はいつも色をかえています
赤と青です
たまに黄色にかわります
でもそれは一しゅんです

うさぎの王様の好きな食べ物は
何だか分かりますか？
それは虹色のにんじんです
雨がふるたびに王様はシャボン玉にのって
にんじんをさがして旅します
でもシャボン玉がわれてしまうので
なかなか見つかりません

ですからみなさん
虹色のにんじんを見つけたら
雨の日の夜に
しんごうきの下にとどけに来て下さい！

気持ちの風船

絵●原 マスミ

気持ちの風船がふくらんだ
真っ赤でわれない風船
風船はどんどんふくらむ
自分よりも大きくなって
ついには家をつつんで空にうかぶ
風船はさらに巨大になりながら

とびっきりの笑顔で
アフリカの人に大きく手をふる

とうとう地球の外に出て
うちゅうの景色を見わたした
風船はもうふくらまない
どうしていいかわからない
ただひとり
うちゅうにぽつんとうかぶ

きのこ

フォークは光った

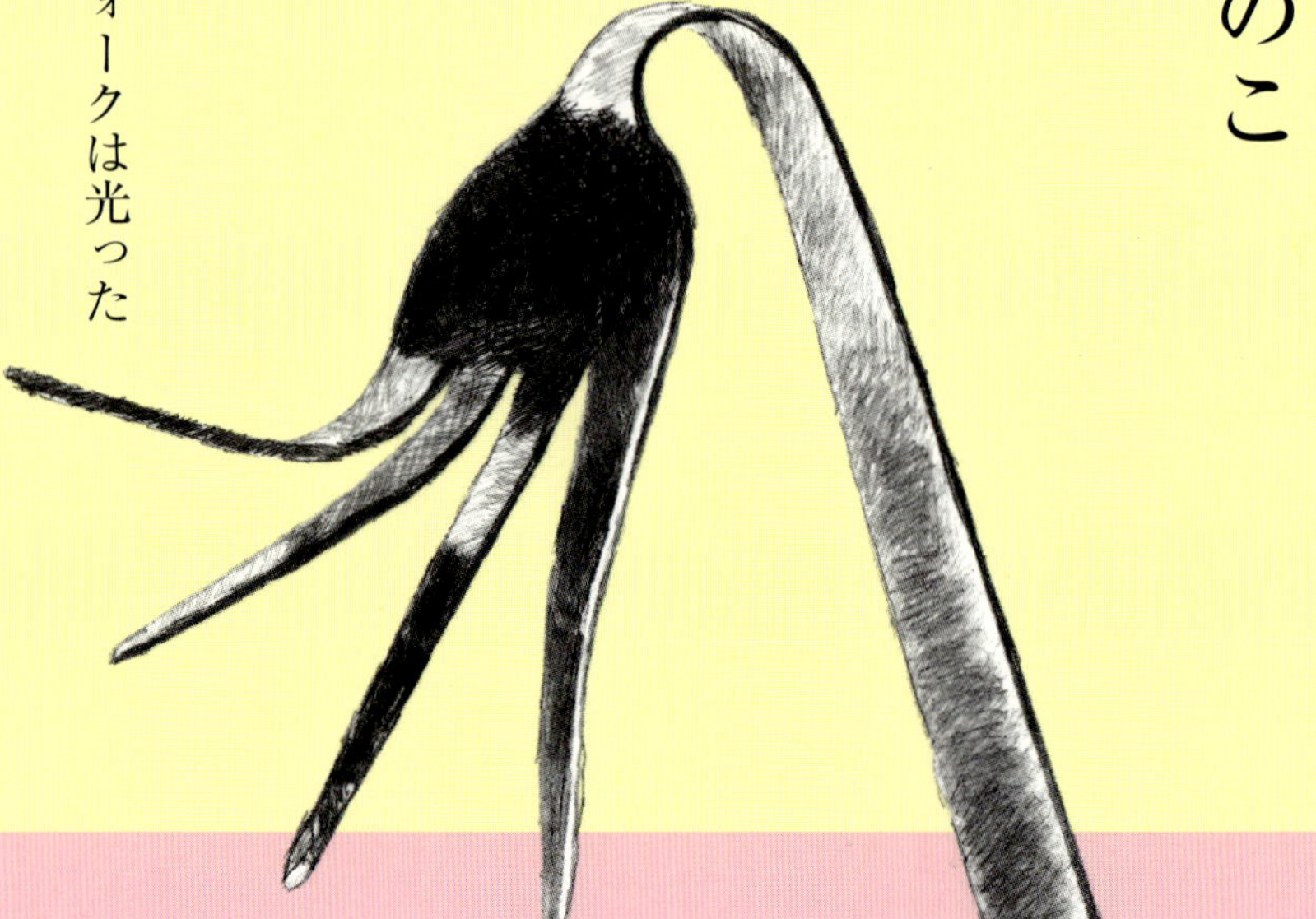

絵●山口　はるみ

ゆうとう生のきのこたちは
だまってた
いつも元気なきのこほど
ひっこんでいた
のこったふつうのきのこたち
フォークにむかって　つきすすむ
頭をつき出し　こうげきする

フォークはますます光りとがる

けっきょく　きのこたちは
お皿の上でにげまわっていた

うそ

絵●宇野　亜喜良

小さな小さなうそがうまれた
うそをすいこみ大きくなる
大きくなって口から出勤
信じてもらえる　うそつく仕事
なかなか信じてもらえない

またうそをすいこみかしこくなる
うそをつみあげ仕事成功
みんなが信じた　うそなのに
子どもをうんだら　その名もうそ
うその赤ちゃん　うそをつく
うそは老後を考えて
うそをすいこみ　うそをつく
死ぬ時みんなに見守られ
残した言葉　それもうそ

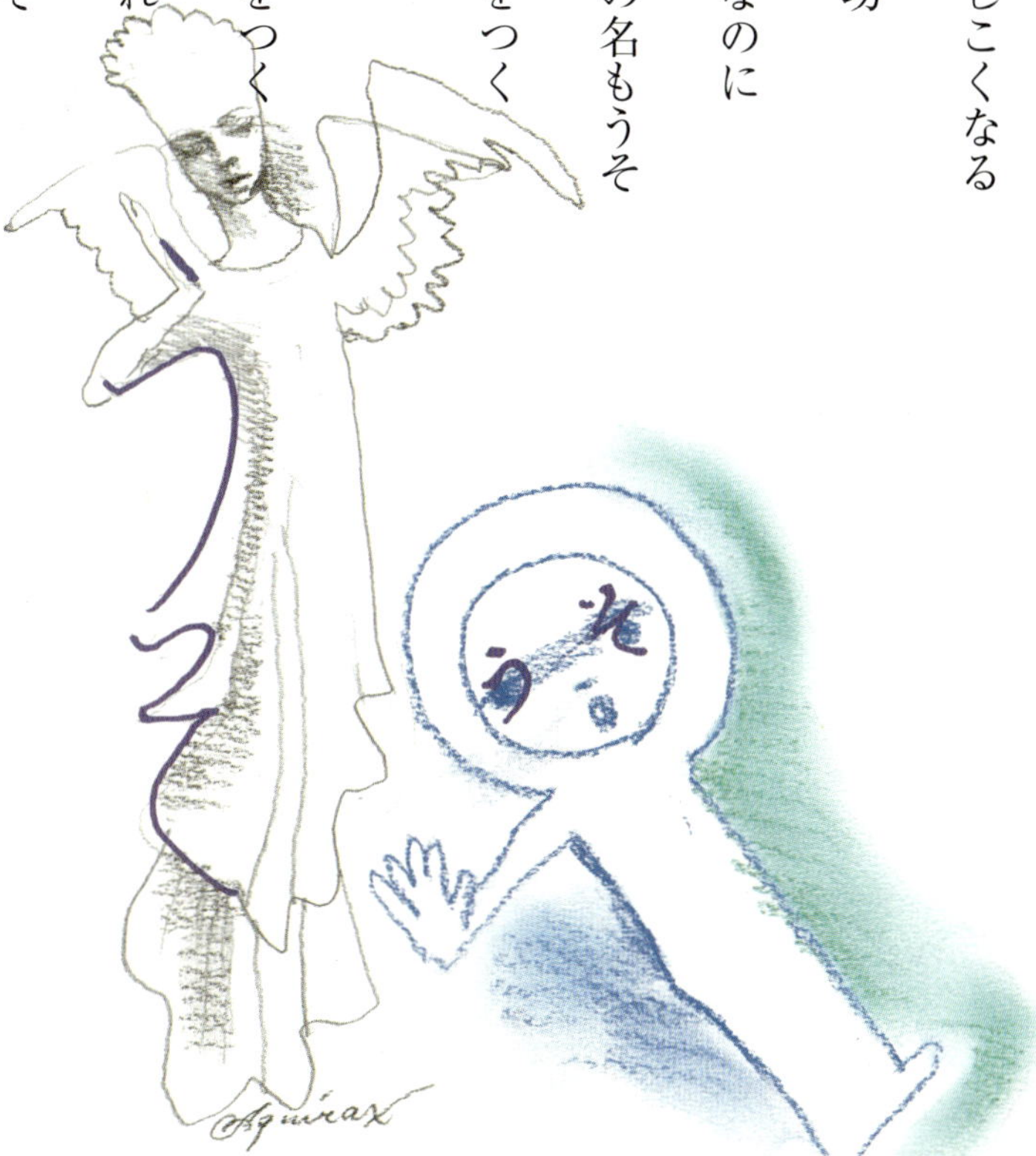

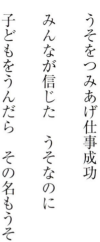

立っているのか座っているのか

電車は立っているのか座っているのか
電車は正座している
真顔でホームにはいってくる
電車の中も真顔だらけ

山は立っているのか座っているのか
山はあぐらをかいている
坐禅をして　風のきょうさくに目を開く

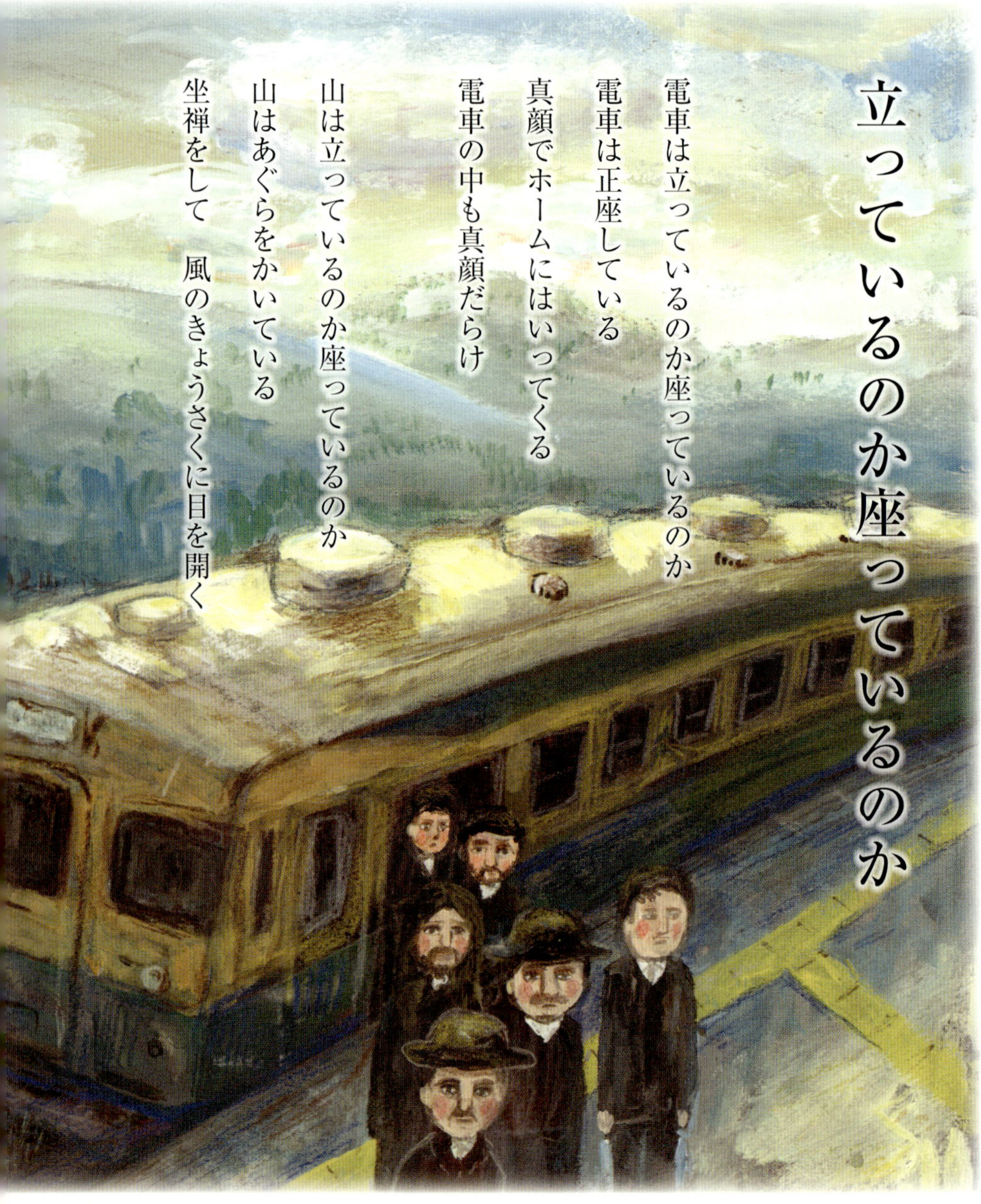

学校は立っているのか座っているのか
学校はつっ立っている
今日も一人だとあくびしてる
毎日千人の子どもが出入りしているのに

空は立っているのか座っているのか
空は足を開いて座っている
空は世界一のバレリーナ
世界中の人みんな観客

絵●田中 六大

入道雲

入道雲が起きたよ
まだ眠いから
ゆっくり　ゆっくり　のぼってく
まだ眠いから
心のアルバム開いてる

生まれて初めての雨
お父さんの大きな体にもぐりこんだ
お父さんの中はあったかかった

七つのころ
友達と内緒で星を海にうめた
星は光るヒトデになった

絵●ディアーナ・カイヤカ

二分の一成人式
初めて地平線に立った
自分も一人前の夏だと思った

十七の九月　初めての恋
うろこひめがお供を連れて近づく
赤くなった顔を夕日でかくした

今はまだ
セミとおしゃべりはしない
波とおいかけっこもしない

心のアルバムをそっと見つめて
ゆっくり　ゆっくり　のぼってく

おなかのおはか

絵●吉野 晃希男

子犬が小鳥を食べました
小鳥は一回まばたきをして
死んでしまいました
子犬のおなかの中に
小鳥のおはかがたちました

おなかの中には
ちっちゃな絵かきさんがいて
お花でいっぱいにしました

小鳥はお花畑で
ぐっすりねむっています

みずきの部屋
挿絵・わたなべみずき

わたしの仕事

わたしの仕事は雲を動かすことです
毎日　雲たちを集めて指示を出しています
すすむ方向をきめ　みだしなみをととのえ
雲たちをおくりだします

さいきん　どこかへぶらぶらと
さんぽに行く雲がぞくぞくとふえています
とてもこまっています

わたしの仕事はもう一つあります
空を夕やけ色やまっ青にそめることです

時どきはみだしてしまいます
その時には雲たちにたすけてもらいます

くもりの日には空に落書きをします
地上からは雲にかくれて見えないからです
たいてい雲たちは
自分のに顔絵をかいてわらっています

雲のおつかれ会の時には虹を出します
じゅんびは雨がしてくれます
雲たちはおつかれ会のために働いています

仕事がおわると雲のベッドでねむります
月の光で本を読んでいるうちに
星につつまれてねむってしまいます

音ぷ

音ぷがにげた
わたしはおいかけた
音ぷは八分音ぷでにげていった
わたしは十六分音ぷでおいかけた
かれはスタッカートでにげ回った
わたしはアレグロでおいかける

音ぷはきゅうにレガートで
きふ人のように歩きはじめた
わたしはスラーであわせた
これできょくがかんせいした
わたしは音ぷをつれて帰った
わたしたちは楽ふにもどった

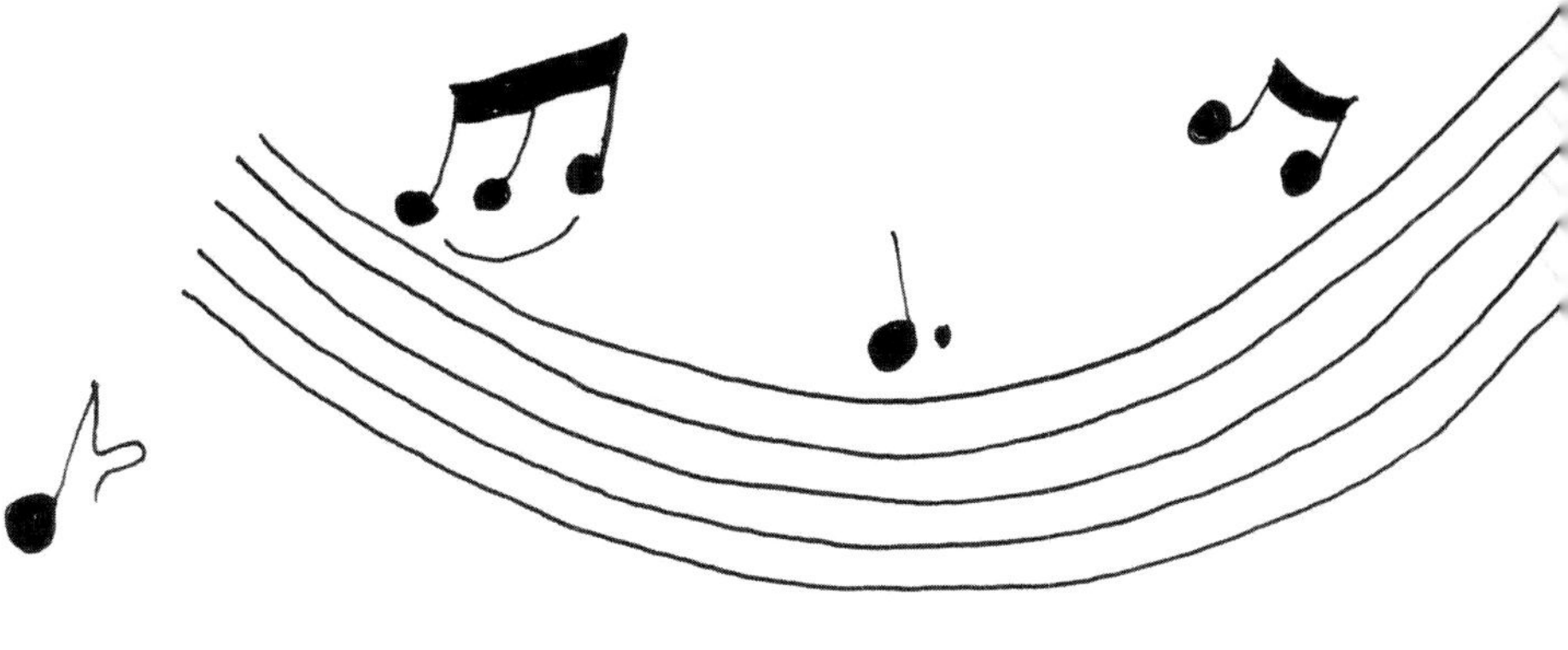

ゆめ

ハンドルはドーナッツ
シートはマシュマロ
レバーはかりんとう
ミラーは水あめ
タイヤはホットケーキ
うんてんしゅは子犬

お客はわたし
ゆめの音楽をききながら
みらいのわたしにあいにいく

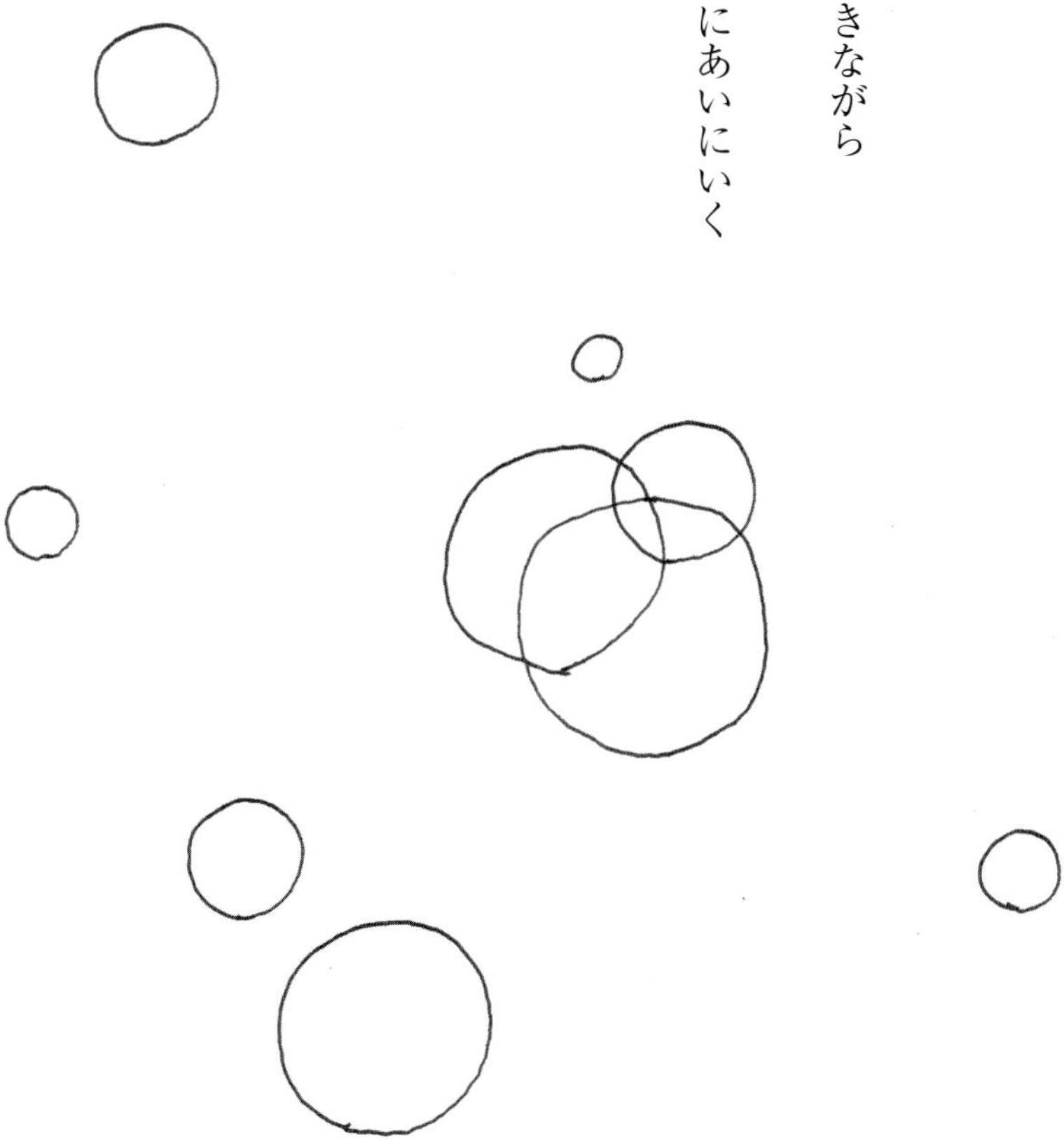

エッフェルとう

エッフェルとうの下でコーヒーをのんでいたら
エッフェルとうがたおれてきた
わたしはたおれてきたのをうけとめて
もとのいちにもどした
エッフェルとうはコーヒーをのんでみたかったらしい
「うちにきてもいいよ」とさそってみた
エッフェルとうは元気よくうなずいたから
台風みたいな風がふいた
エッフェルとうはわたしをのせて
うちまで一万歩でついた

エッフェルとうはうちの中には入れなかった
とてもじゃないけど入らない
いっしょに庭でコーヒーをのんだ
エッフェルとうはまっ赤になった
こんなにあついものをのんだことがなかったのだ
わたしたちはやくそくした
毎日いっしょにコーヒーをのむことを

みかん

みかんがにげた
皮だけにげた
みかんの皮は昔すんでいた
かいてきな木にもどりたかったのだ
のこされたはだかのみかんはこまった
「ぼくはこの先どうなるんだ？
さむくてやっていけない！」
みかんは皮を追いかけた
皮はあなの中にかくれていた
木の根っこにしがみついている
みかんはあなに入って皮を追いつめた
皮はモグラを集めてあなをほらせ前へすすむ

それからまた外へ出てにげていった
みかんもひたすら追いかけた
いつのまにやら海に出た
皮は海を泳いでにげて行った
みかんは貝のふねにのっておいかけた
とつぜん皮の姿が見えなくなった
みかんはさがしまわった
そのうち貝にあながあいてみかんはしずんだ
海のそこへ…
海のそこに皮はいた！
みかんは皮に言った
「つつんでくれない？」

石ひめ様

まずは上着をひろげます
きれいな石をおきます
やさしくおねがいします
これが石ひめ様です
それから二つか三つ
ちがう石をおいて家来にします

石ひめ様はどんぐりの朝食をとり
もみじの葉のいすにこしかけます
家来は大きないちょうの葉をもち
石ひめ様をゆっくりとあおぎます
くれぐれもゆっくりと

石ひめ様はおしゃれが大好きです
松葉のかみかざり
きらっと光る
朝つゆのブローチ
花びらのかんむり
石ひめ様がおしゃれをすると
本当にうつくしいのです
家来は思わずみとれてしまいます

あなたが家に帰る時
石ひめ様をつれて帰ってあげてください
上着のポケットにそっといれてあげましょう
家につくまでに
石ひめ様はぐっすりねむってしまいます
大事にしてあげてくださいね

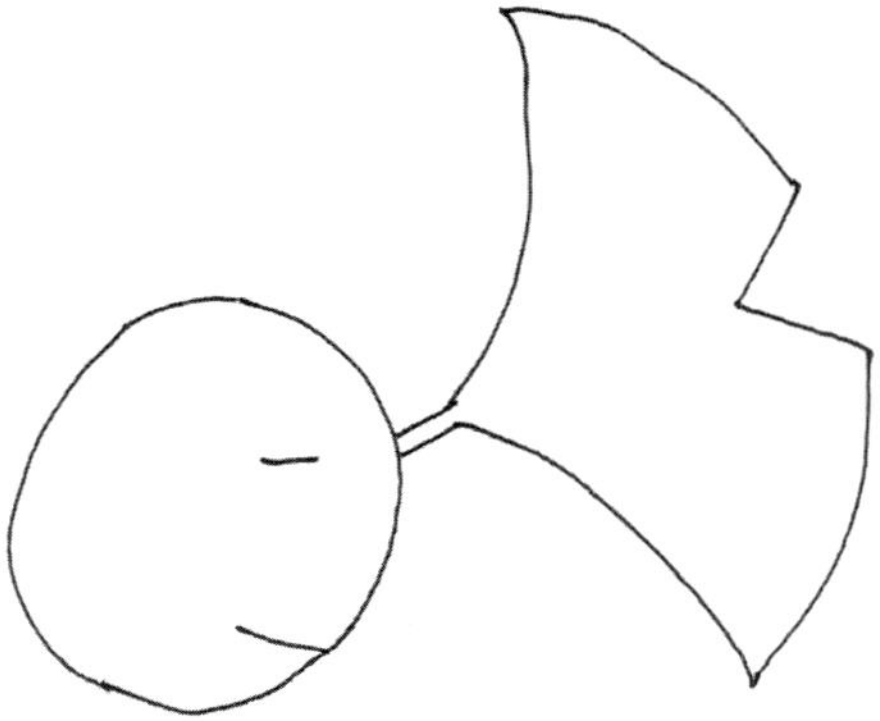

私

いい子じゃない
かしこくない
やさしくない
私が一番知っている

いい子は空へあそびに行って帰って来ない

とりかえしがつかない
かしこさは辞書の間にかくれてる
どこのページにいるか分からない
やさしさは心の奥ですーすーねてる
ふかふかおふとんからでてこない
私は私を動かせない
私なのに

虹の犬

かけまわると虹がでる
ほえるだけで虹がでる
虹は風にのり
雲の上にかくれてしまう
雲の上は犬たちの天国
虹がいくつもかかってる
それは

地上の犬たちが元気なしょうこ

だから

けっして消えたりなんかしない

雲の上の犬たちを

幸せにする虹なんだよ

種

私は最初種でした
自分がなんなのか分かりませんでした
どんな姿なのか知らなかったし
気にもしませんでした
急に雨がふってくるのが
不思議でたまりませんでした
寒い日にはやわらかいたくさんの布団で
だれかがつつみこんでくれていました

私は大きくなりました
大人の黄緑色になりました
そう　私はキャベツだったのです

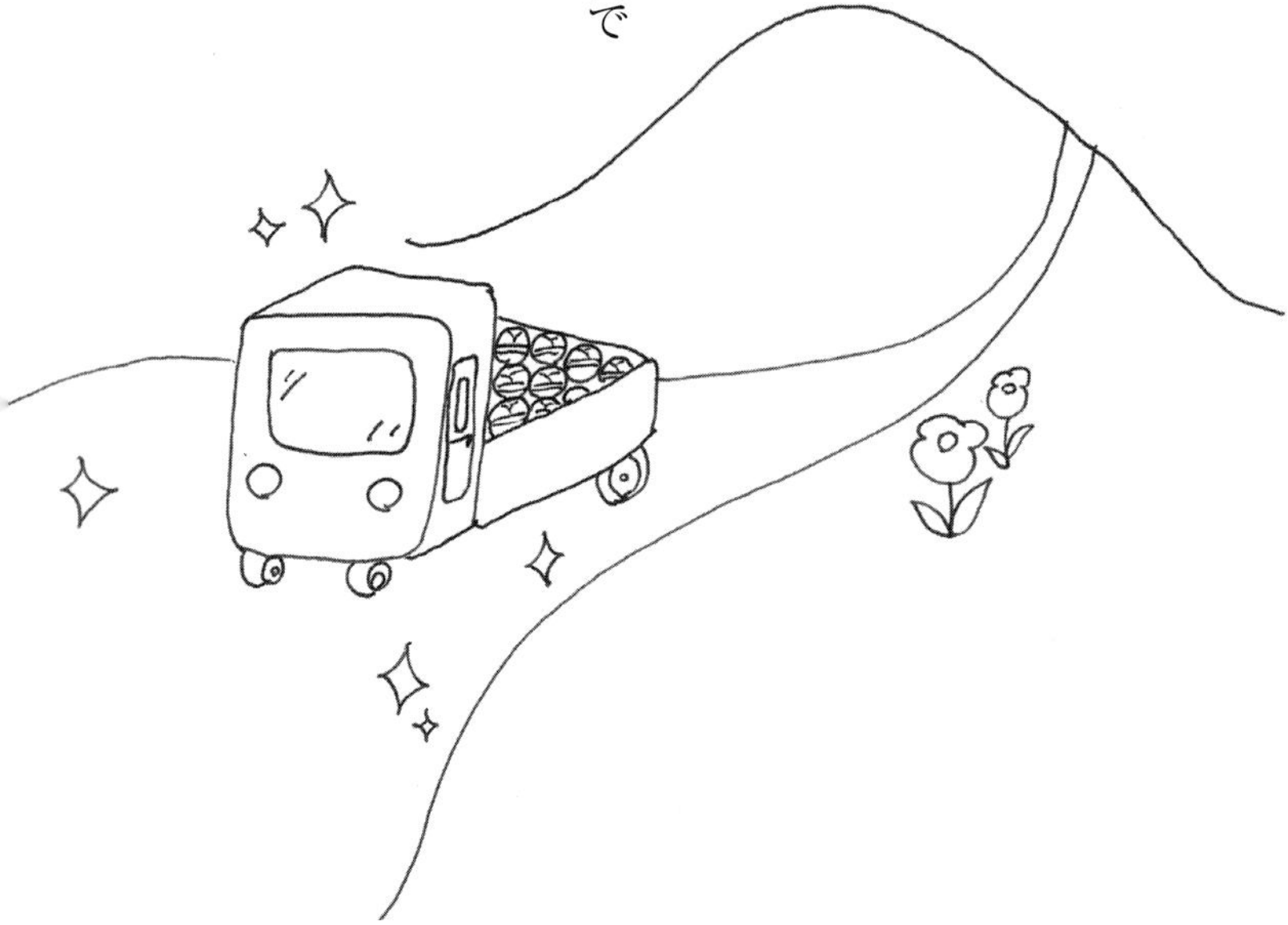

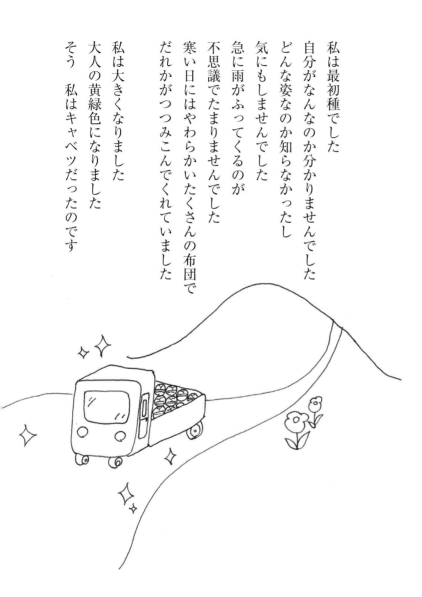

みんなと一列にならんで
かがやく青空を見上げていました

それから土をはらってもらい
ピカピカになりました
テープの腹まきをつけてじゅんび完了
新型のトラックに乗って
おめかししてどこに行くのか
ドキドキしてます

雲カフェ

雲カフェは
ひとりの雲が経営している
きっさ店です
雨の日も風の日も雲の日も
たくさんの雲が行列をつくっています

メニューはたった一つだけです
ソラユメラテです
会いたい雲の顔が
ふんわり浮かび上がります
ニヤリと笑いかけてくることもあります

片思いの恋雲

ケンカして会えない友雲
もうこの世にいない雲
遠くはなれている雲

雲カフェは雲と雲との再会の場所

ラテをのむと頭の中は
雲でいっぱいになります
苦かったり甘かったり
一口ずつ味がかわります
それが人気のヒミツです

帰る時にマスターが頭の上に
虹のかんむりをのせてくれます
虹が消えると　みんなまた
雲カフェにやってくるのです

エネルギーのフリータイム

ボーっとしている時
それはエネルギーのフリータイム

体中を散歩するエネルギー
まるまってねむるエネルギー
走りまわって遊ぶエネルギー

お弁当食べたり
ジャンケンしたり
おしくらまんじゅうしたり
フリータイムが終わっても
帰ってこないエネルギー

目的を持ったエネルギーになるまでの
大切な時間

大きな花たば

巨人が花たばをつくる
森の木をたばにして
青空でつつむ
にじのリボンでむすんで
できあがり

巨人は花たばを恋人にわたす
恋人は「ワァーウレシイ！」と
世界中にひびきわたる
大きな声で言った
巨人は「ヤッタ！」と
とびはねた

嵐がおきた
世界中のニュースで
ひなんけいほうが出た
たくさんのせんもんかが出てきて
なぜ空がなくなったのか
調べている

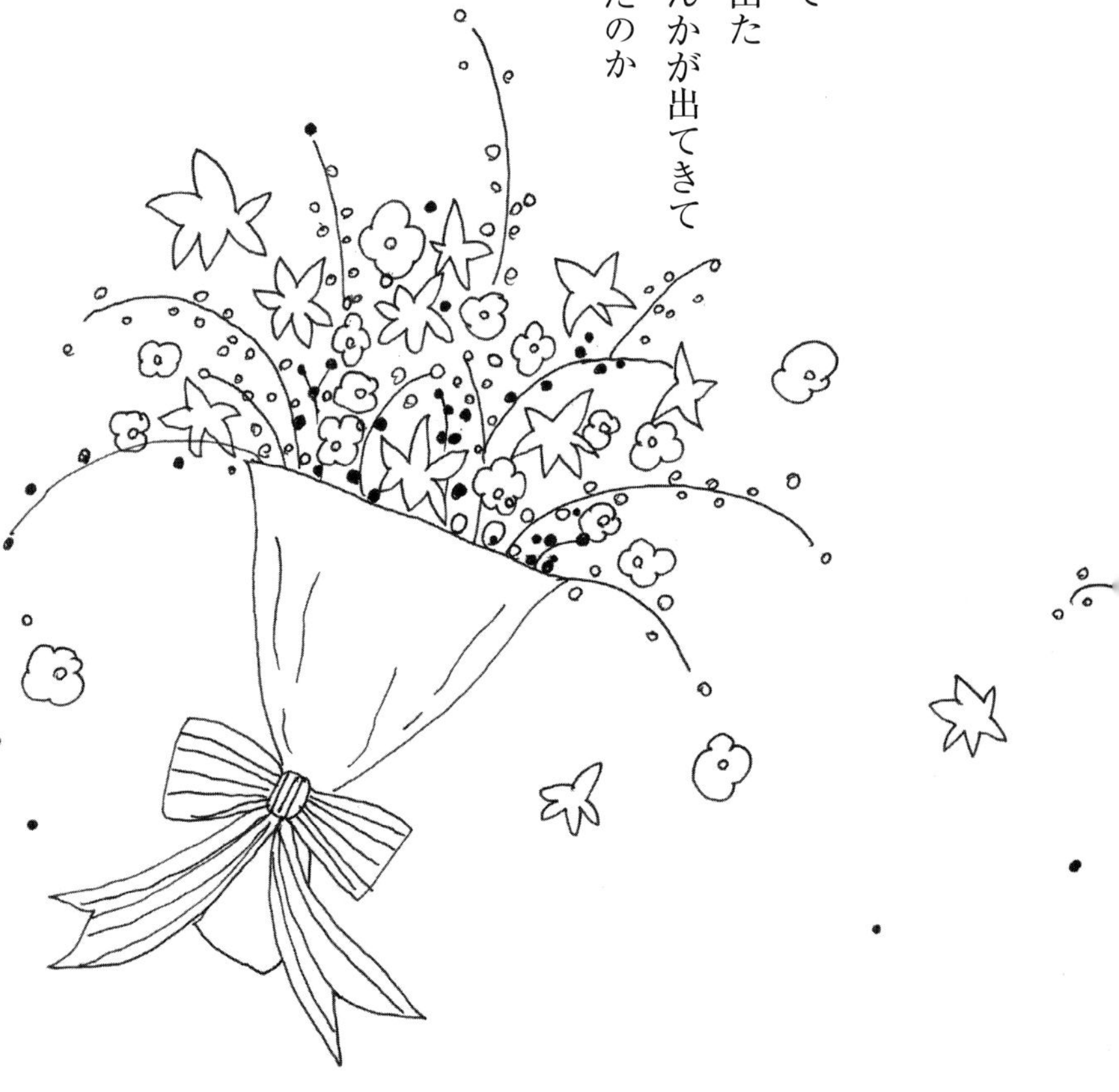

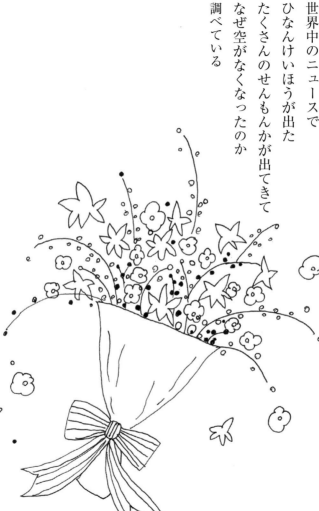

剣道着と風

春

あい色に桜が散る
風が遊ぼうと剣道着をふきぬける
はかまをふくらませて笑ってる

夏

あつ～い風が我先にと入りこみ
無理やりとどまろうとする
とにもかくにも暑くて暑い

秋

ひがん花と月の帰り道
風はすみにひそんでる

風ひとりでかくれんぼをしているのだ

冬

つららのようにするどくなった絶好調の風
つーんと剣道着にはねかえる
うかれて口笛をふいている

剣道着のお供は風
風がなければすべてが変わる

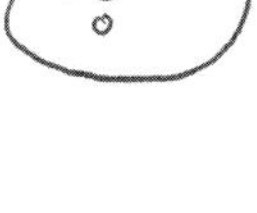

解説　みずきちゃんのこと

伊藤 玄二郎

ボクは鎌倉の建長寺というお寺で、大学の教え子たちと「親と子の朗読会」を毎週土曜日にひらいています。間もなく六百回になります。

わたなべみずきちゃんは「朗読会」に参加してくれる子どもさんの一人です。

或る土曜日の朝、みずきちゃんは、はずかしそうに一冊の手づくりの本を見せてくれました。「ぼく、とらちゃん」という、ぬいぐるみと少女のほのぼのとする絵本でした。みずきちゃんはまだ九才。透きとおるような可愛い女の子でした。

ボクは「詩とファンタジー」という雑誌を、アンパンマンの作者やなせたかしさんと作りました。雑誌には詩の投稿欄があって、毎回、何百という大人や子どもの詩が寄せられます。入選した詩には、日本を代表するイラストレーターが絵を添えてくれます。そのことを知ったみずきちゃんは、詩を書きはじめ、雑誌に投稿してくれました。作品は現在、連続十一回入選しています。

十回までの入選した詩と、みずきちゃんが詩だけでなく自《みずか》らイラストを描いた「みずきの部屋」を加えてまとめたのがこの一冊です。

みずきちゃんは、幾《いく》つもの作文のコンクールでも優秀賞を受賞しています。その作品の一つ「わたしのえ本」の中に、ボクと同じ思いが書いてあって、うれしくなりました。

「つくっているとしっぱいすることもあります。でも、あまりがっかりしないで、そこからまた考えます。そうすると、やろうとしていたものより、もっともっとおもしろくて、よいものができます。しっぱいしてもあきらめないことが大せつだとわかりました」

夢はもちろん、すべてがかなうものではありません。でも夢を持たないかぎり、かなうことはないのです。人間にとってあきらめないで夢を追いつづけることが何よりもたいせつなのです。

みずきちゃんは風船のような女の子です。一緒にいると空にふんわり浮かびあがるような気持ちになります。

（いとうげんじろう「詩とファンタジー」発行人）

二〇一六年　三月

プロフィール

わたなべ　みずき

２００４年生まれ。北鎌倉在住。詩や物語を書くことが好きな11歳。

初出・受賞一覧

におい　「詩とファンタジー」23号
あなた　「詩とファンタジー」28号
かたつむりの仕事　「詩とファンタジー」24号
ふたご　「詩とファンタジー」29号
うさぎ　「詩とファンタジー」25号
気持ちの風船　「詩とファンタジー」26号
きのこ　「詩とファンタジー」27号
うそ　「詩とファンタジー」30号
立っているのか座っているのか　「詩とファンタジー」32号
入道雲　「詩とファンタジー」31号
おなかのおはか　「星座」71号

みずきの部屋
わたしの仕事　第2回　鎌倉文学館こども文学賞　大賞受賞
石ひめ様　第4回　鎌倉文学館こども文学賞　入賞

イラストレータープロフィール

●メグ ホソキ
1961年生まれ。イラストレーター。現・藤枝リュウジデザイン室にて藤枝リュウジ氏に師事。その後フリーとなり、現在に至る。著書に『ももちゃんといちご』（佼成出版社）、『ローズとアイリス』（文溪堂）、『わたしを見つける場所』（佼成出版社）など。

●葉 祥明（よう・しょうめい）
1946年生まれ。1990年、ボローニャ国際児童図書展グラフィック賞受賞。北鎌倉に葉祥明美術館、故郷の阿蘇に葉祥明阿蘇高原絵本美術館を開館。

●北見 隆（きたみ・たかし）
1952年、東京生まれ。76年、武蔵野美術大学商業デザイン科卒業。88年、サンリオ美術賞受賞。97年、ブラチスラバ絵本原画ビエンナーレ金のりんご賞受賞。

●渡辺 宏（わたなべ・ひろし）
1961年、大阪生まれ。画家・イラストレーター。「イラストレーション」誌ザ・チョイス年度賞大賞・日経広告賞・NYADC賞ほか受賞。

●畑 典子（はた・のりこ）
東京生まれ。セツ・モードセミナー卒。第7回「詩とメルヘン」イラストコンクール佳作受賞。児童書、絵本等。『ミーナのほしのころも』（サンパウロ出版）。

●原 マスミ（はら・ますみ）
1982年レコードデビュー。アニメ、CMなどのナレーターとしても活躍。イラストレーターとして、よしもとばななの装画を多く手掛け、絵本に『クリスマスのあくま』（白泉社）ほか。CDアルバム「人間の秘密」を発売。

●**山口 はるみ**（やまぐち・はるみ）
松江市生まれ。東京ADC賞受賞。1978年『Ｈａｒｕｍｉ Ｇａｌｓ』（パルコ出版）、80年『映画の夢・夢の女』（話の特集）、2000年『ＷＯＭＥＮ』（六耀社）、『白い船』（新潮社）。

●**宇野 亜喜良**（うの・あきら）
1934年、名古屋生まれ。日宣美特選、日宣美会員賞、講談社出版文化賞さしえ賞などを受賞。99年紫綬褒章受章。2010年旭日小綬章受章。13年山名文夫賞受賞。『奥の横道』（幻戯書房）。

●**田中 六大**（たなか・ろくだい）
1980年生まれ。童話のさし絵や絵本の絵、漫画などを描く。漫画作品に「クッキー缶の街めぐり」、絵本の絵に「まよいみちこさん」など。童話のさし絵に「日曜日」シリーズなど。

●**ディアーナ・カイヤカ**
ラトビア、リガ出身。The Art Academy of Latvia の大学生。Janis Rozentāls Riga Art 卒業。現在、イタリアの芸術や歴史について勉強している。

●**吉野晃希男**（よしの・あきお）
1948年生まれ。神奈川県鎌倉市在住。東京芸術大学油画科卒業。画家・イラストレーター。絵本『とまとがごろごろ』（福音書館）など。

詩集　気持ちの風船

著　者　わたなべ　みずき

発行者　伊藤玄二郎

発行所　かまくら春秋社
鎌倉市小町二―一四―七
電話〇四六七(二五)二八六四

印刷所　ケイアール

平成二十八年四月十五日　発行

ISBN978-4-7740-0683-3 C0092